무한의 끝에서

정태성 시집

도서출판 코스모스

무한의
끝에서

머리말

시를 쓰면서 힘들었던 많은 시간을 넘길 수 있었습니다.

제 자신을 돌아볼 수 있었고, 위안을 삼을 수 있었고, 더 나아

가 문학하는 즐거움을 알게 되었습니다.

예전에 썼던 시 일부와 새로운 시를 모아보았습니다.

처음 시집을 낼 때 많이 인쇄를 하지 않아 남아있는 것이 별

로 없어 일부를 골라 보았습니다.

겨울이 지나가고 있습니다.

춥고 길었던 이 겨울을 온전히 살아온 것 같습니다.

보다 행복한 날들이 기다리고 있을 것이라 확신합니다.

소중한 사람들을 만날 수 있었음에 감사할 뿐입니다.

무언가를 할 수 있는 시간이 주어진 것에 고마울 뿐입니다.

2023. 1.

저 자

차례

차례

1. 무한의 끝에서

알 수 없는 무한의 공간
그 시간의 끝에 서서

그 무언가를 바라는 것은
무슨 의미가 있는 것일지

내 지식의 한계에 갇힌 채
이해도 못 하는 세계 속에서

그 무엇을 주장하는 바
얼마나 유치한 일인 것인지

마음이나마 생각이나마
이 좁은 세상을 넘어가고자
헛된 노력을 하는 것인지

조그만 희망이나마
이룰 수 없는 소망이나마
가질 수 있으므로 족해야 하는 것인지

2. 서쪽을 향하여

서쪽 길을 따라 무작정 떠났네

산이 있기에 산을 만나고
물이 있기에 물을 만나고
사람이 있기에 사람을 만났네

어디가 어디인지 잘 알지 못하고
제대로 가는지 알 수 없지만
무작정 서쪽을 향해 그냥 나갔네

만나고 부딪히는 모든 인연을
스치는 것으로 흘려 버렸네

왜 가야 하는지 생각도 없이
뚜렷한 목적도 가지지 않고
서쪽을 향해 한없이 나갔네

서쪽 그 끝엔 별것이 없었네

눈 앞에 펼쳐진 푸른 바다와
하늘을 물들인 붉은 노을이

그 길 끝의 전부였을 뿐

바닷가에 앉아 서쪽 하늘을 보았네

더 이상은 갈 수 없기에
나의 한계는 여기이기에

내 마음을 하늘에 띄워 보냈네

나는 마음 없는 사람이 되어
세상의 끝에서 자유를 느꼈네

3. 어디에 있는지

바다로 나가 보았네
그 소리 들리는가 싶어

멀리 수평선만 보였네
파도가 부서진 채로

산 위에 올라 보았네
흔적이나마 찾을까 싶어

안개 싸인 봉우리만 보였네
메아리가 돌아오지 않은 채

4. 바람과 마음

바람에 마음을 얹었다

어디로 갈지 알 수 없지만
모든 걸 맡긴 채
그저 얹어버렸다

나는 갈 수 없기에
갈 수조차 없기에

바람의 힘을 빌려서라도
그곳에 이르기를 바랐다

바람이 그곳을 알지 못해도
바람이 그곳에 이르지 못해도

마음을 얹는 것밖에
할 수 있는 것이 없었다

바람이 가는 것을 보았다

우두커니 선 채
바람이 가는 것을
한없이 바라보기만 하였다

5. 안쓰럽다

오랫동안 피지 못했던
음지의 그늘에서
미래만을 바라보던
그 모습이 안쓰럽다

지나간 세월의 아픔
슬픔과 고독
언젠가의 햇살만을 기대하는
그 모습이 안쓰럽다

과거의 상처에 아직도 매여있어
자유롭지 못한 채
오늘을 힘겹게 살아가는
그 모습이 안쓰럽다

6. 어디로 가나

소쩍새 우는 깊은 이 밤에
아무도 없이 홀로 걸었네
나는 어디로 가야 하는가

눈 녹아 흐르는 시냇물 소리
저리도 힘차게 흘러가건만
나는 어디로 가고 있는가

바람따라 흘러가는 저 하얀 구름
어디든 마음껏 갈 수 있건만
나는 어디로 갈 수 있을까

7. 운명

억겁의 시간을 넘어
무한한 공간을 지나
계획된 공간도 아닌
원했던 것도 아닌

일어날 수 없는 확률
불가능에 가까운 사건으로

여기
이곳에서
지금

그렇게 존재함으로

이제는 마음의 세계속으로
부정할 수 없는 영혼의 날갯짓으로

그 세계를 볼 수 있는
그 운명으로

8. 너

소리 없이 기다려준 너
네 마음속의 하늘을 본다

말없이 지켜보던 너
네 마음속의 별을 본다

바람이 불었다
내 마음도 날았다

너에게로 날갯짓하며
푸른 하늘을 누빈다

자유롭게
편안하게

어둠 속에서도
별빛을 따라

너에게 향하여
그렇게 날았다

9. 벼랑 끝에서

높은 벼랑 끝에 서 있었다
가파른 내리막길조차 없는

하늘과 구름을 보았다
날갯짓으로 날아갈 수 없는

바람이 얼굴을 스쳤다
나의 힘으로 잡을 수 없는

추락의 꿈을 꾸었다
한없이 자유로울 수밖에 없는

10. 기차소리

기차소리 들려온다
이제는 떠나야 할 시간
그렇게 마음을 묻는다

붉은 석양이 보인다
한낮의 뜨거웠던 태양도
이제는 저문다

하얀 구름이 흘러간다
어딘지 모르는
그 아득한 곳으로

11. 내 옆에

예쁘지 않다고 해도
잘 모른다 해도
부족한 것이 많다고 해도

내 옆에 있기 바랍니다

어수룩하다 해도
성숙하지 못하다 해도
고집이 세다 해도

내 옆에 있기 바랍니다

서로 싸운다 해도
싸워 속상한다 해도
심지어 미워진다 해도

내 옆에 있기 바랍니다

12. 어긋나도

살다보면 어긋난 것이
있기 마련입니다

바로 잡으려고 하지만
그럴 필요는 없을 것 같습니다

나의 진심을 안다면
다 이해가 될테니까요

삶은 뜻대로만
되는 것 같지 않습니다

어긋난 것이 있어도
그냥 품고 살려 합니다

삶이 엄청나게
대단한 것이 아니란 걸
이제는 알 듯합니다

13. 무지개 너머

무지개 너머 그 어딘가에
그 사람이 있으리라

머언 먼 푸른 바다 건너
그 사람이 있으리라

내가 가 볼 수 없는 그곳에
그 사람이 있으리라

언제일까
어디서일까

마음과 마음이 닿는 그곳
거기에 그 사람이 있으리라

14. 눈물

괜찮다고 하지만
괜찮지 않음을 알기에

힘들지 않다고 하지만
힘든 걸 알기에

나를 보고 미소 짓지만
속으로 울고 있기에

아프지 않다고 하지만
많이 아픈 걸 알기에

필요한 것이 별로 없다 하지만
많은 것이 필요한 걸 알기에

이제 다 왔다 하지만
아직 갈 길이 멀기에

15. 촛불

하염없이 자신을 태우고
녹아 흐르는 것도
마다하지 않은 채
그렇게 세월을 보냈습니다

아무런 것도 바라지 않고
자신을 내주는 것만이
전부라 생각했습니다

시간은 지나
이제 더 태울 것은
남아 있지 않았고
마지막에 이르러 갑니다

그리고는
아무 흔적도 없이
떠나야 겠지요

그동안 미약하나마 밝혔던 빛을
기억조차 하는 이 있을까요

16. 그렇게

가진 것 없어도 손잡아 주었다
아는 것 없어도 알아주었다

나하고 달라도 받아 주었다
잘못이 있어도 문제없었다

고개 돌리며 눈물 흘렸다
서로 바라보며 웃음 웃었다

같이 걸으니 축복이었다
같은 하늘을 보니 행복이었다

17. 엄마의 잔소리

엄마는 오늘도 저에게
잔소리를 합니다

추우니 따뜻하게 입으라고
길 미끄러우니 조심하라고
끼니 거르지 말라고
병원 들려다 오라고
너무 늦지 말라고
쉬엄쉬엄 일하라고

제 나이가 얼마인지 아실 텐데도
아직도 제가 어린애로 보이나 봅니다

엄마의 잔소리가 이제는
잔소리로 들리지 않습니다

그 잔소리가
영원히 계속되었으면 좋겠습니다

18. 별이 되어 만날까?

어두운 밤하늘의
별이 되어 만날까?

봄날 새롭게 피는
꽃이 되어 만날까?

저 하늘을 나는
새가 되어 만날까?

그 모든 것을 잊고
다시 태어나서 만날까?

그리움은 한이 되어
그렇게 가슴에 묻힌다

19. 돌아가리라

나 이제 돌아가리라
따스하고 편안한 그곳으로

나 이제 돌아가리라
쉼이 있고 안락한 그곳으로

나 이제 돌아가리라
미소로 나를 반겨주는 그곳으로

나 이제 돌아가리라
원래 내가 있었던 그곳으로

20. 있음

있음은 욕심이 아닙니다
바라는 것도 아닙니다

있음은 멀리 있는 게 아닙니다
할 수 없는 게 아닙니다

있음은 허무하지 않습니다
괴로움이 아닙니다

내가 있는 자리가 중요합니다
내 옆에 있는 사람이 전부입니다
그러기에 내가 있습니다

있음은 즐거움입니다
행복입니다
지금입니다

오늘 나는 있습니다
그러기에 느낍니다
살아있음을 느낍니다

그것이 있음입니다

21. 없음

없음은
깨달음입니다

나로부터
없어야 합니다

생각으로부터
자유로와야 합니다

이쪽이나 저쪽으로
치우치지 않습니다

집착하지 않습니다
주장하지 않습니다

고통을 벗어납니다
행동하지 않습니다

보이는대로 보고
있는 그대로 받아들입니다

모든 것이 없음으로
모든 것이 사라집니다

그것이
없음입니다

22. 됨

됨은
변화입니다
깨어있음입니다

그것은
저절로가 아닌
스스로 해야합니다

혼자지만
외롭지 않습니다
멀리까지 가야합니다
오래도록 가야합니다

또한
지향하지 않습니다
부딪히지 않습니다
자연스럽게 흘러갑니다

의도하지 않으며
내려놓은 채
그냥 맡깁니다

그래서 편합니다
만족합니다
끝은 없습니다
이루어질 수 없습니다

그것이 됨입니다

23. 여기에 있음

없음의 세계에서 왔습니다
없음의 세계로 가야 합니다

나의 있음은 없음을 위함도
없음으로 향함도 아닙니다

나의 바람은 있음을 위함이며
나의 일상도 있음을 위함입니다

나의 있음은 나됨을 위함이며
더 나은 나됨을 향하려 합니다

나의 처음은 의미없는 없음일진 모르나
나의 나중은 의미있는 없음입니다

그러기에 내가 지금 여기에 있습니다

24. 계속되기를

희망의 날들이 계속되기를
절망은 잠시만 머무르고

기쁨의 날들이 계속되기를
슬픔은 잠시만 머무르고

행복의 날들이 계속되기를
불행은 잠시만 머무르고

즐거움의 날들이 계속되기를
아픔은 잠시만 머무르고

사랑의 날들이 계속되기를
미움은 잠시만 머무르고

밝은 날들이 계속되기를
어두움은 잠시 머무르고

이것이 꿈이라도 할지라도
그냥 그렇게 계속되기를

25. 새벽 별

함께했던 시간도 사라지고
추억도 이젠 희미하네

따뜻했던 마음도 사라지고
그리움도 이젠 남아있지 않아

모든 것이 그렇게 사라지니
텅 빈 마음을 어찌해야 할까

깊은 밤 잠은 오지 않고
새벽별만 빛나고 있네

26. 빈터

내 영혼의 빈터엔
황량한 적막감만 감돌고

그 아무것도
머물지 못한 채
세월만 쌓이고 있었으니

사막의 모래언덕 같은
메마른 빈터였으나

이제는 내 스스로
그 자리를 채우고 바꾸리라

따스한 햇살이 머물고
촉촉한 이슬비 내리며
아름다운 석양과
새들 지저귀는
아름다운 곳으로

그렇게 풍요롭고
자유로운 곳으로
내 스스로 만들어 가리라

27. 길

삶의 길을 찾아 걸었네
어딘지 모른 채로
나 홀로 그 길을 걸었네

뿌연 안개 속
마음에 등불 하나 켠 채로
혼자 걷다 지쳤네

끝없이 이어지는 그 길엔
마음을 나눌
누구 하나 없었네

남은 길은 얼만큼일지
끝까지 걸을 수나 있을지
길 위의 적막함이 내 가슴을 울리네

28. 우는 새

울어라 울어라 새여
서글프니 울어라 새여

누릴만큼 누리고
머물만큼 머물렀으나

미련이 너무 많아
회한이 너무 많아

이제는 떠나야 하리
이곳을 떠나야 하리

울어라 울어라 새여
서글프니 울어라 새여

29. 오늘과 내일

오늘을 잘라내
내일을 여는 이유는
오늘의 아픔이
내일까지가 아니기를
바라기 때문입니다

오늘을 접어
내일을 여는 이유는
오늘의 슬픔이
더 이상 계속되기를
원하지 않아서입니다

내일을 기대하는 것은
오늘 그런 아픔과 슬픔이
영원히 끝나길 바라기 때문입니다

30. 모두 가버리고

모두 가버린 자리엔
아무도 없었습니다

혼자서 주위를 맴돌며
물끄러미 바라만 봅니다

어디선가 불어오는 바람은
흙먼지만 날리게 합니다

해는 서산으로 넘어가며
어둠이 찾아오고 있습니다

홀로 그 자리를 지키며
고개들어 먼 하늘을 바라봅니다

오늘은 구름마저 가득한지
별 하나 빛나지 않습니다

31. 슬퍼도

슬퍼도 슬퍼하지 않는다
운명이란 걸 알기에

그리워도 그리워하지 않는다
어쩔 수 없다는 걸 알기에

미워도 미워하지 않는다
그럴 수 있다는 걸 알기에

아파도 아파하지 않는다
치유될 수 없다는 걸 알기에

이제는 푸른 하늘을 바라보고
구름에 마음을 실어보낸다

이제는 밤하늘의 별을 바라보고
내 마음을 저 하늘에 묻는다

32. 보이지 않아

돌아보아도 보이지가 않아
아무리 찾아도 찾을 수 없어

어디서 이제라도 달려올 듯한데
아무리 기다려도 소식이 없어

꿈속에서 살았던 걸까
지금 꿈을 꾸고 있는 것일까

텅빈 내 마음 공간을 가르고
시간마저 내 편이 아닌 것 같아

지금 그 어디에도 없고
마음은 사라져 버린 것 같아

33. 희망의 사다리

멀리 바라보려고
하지 않으렵니다

이곳에서
가까운 곳을
희망하고자 합니다

그것으로 나에겐 충분하고
더 바랄 것도 없다는 걸
이제는 확실히 압니다

조그만 기쁨이라도
소소한 행복이라도

그것만이라도 주어진다면
희망의 사다리라 생각하겠습니다

34. 꽃잎은 떨어지고

꽃잎 떨어져 바람에 날리듯
언제 어디로 갈지 알 수 없고

영롱한 이슬 햇볕에 사라지듯
남아있는 시간 보장도 없으리

오늘을 살아냄이 충분치 못하나
살아있음으로 바랄 것이 없고

이루지 못한 것 회한도 많으나
할 수 있었던 것이 있음으로 만족하고

나의 부족함으로 부끄러움도 많으나
아름다운 추억으로 간직하면 충분하리

여기에 있었음으로
많은 것을 느꼈음으로
충분히 경험했음으로

꽃잎처럼 떨어져도 아쉬움은 없으리

35. 너는 아프지 않았으면 좋겠다

내가 대신 힘들어도 좋으니
너는 힘들지 않았으면 좋겠다

내가 대신 불행해도 좋으니
너는 행복했으면 좋겠다

내가 대신 고생해도 좋으니
너는 편히 쉬었으면 좋겠다

내가 대신 욕먹어도 좋으니
너는 욕먹지 않았으면 좋겠다

내가 대신 아파줄 수 있으니
너는 아프지 않았으면 좋겠다

내가 너를 대신해 줄 수 있는 것이
정말 많았으면 좋겠다

36. 사라지기에

언제나 사라질 수 있는
것들이기에

어느 순간 사라져버릴지
알 수 없기에

그 어떤 것도 내것이라
생각할 필요없고

그 무엇도 가지지 못해
아쉬워할 필요 없다

소중하다 여길 것도
의미있다 여길 것도
언젠가는 사라지기에

그저 마음속에 묻고
가끔 꺼내 볼 뿐이다

37. 혼자가 아니다

이글거리는 태양이 내리쬐는
사막 한가운데를 건널 때도
나는 혼자가 아니었다

멀리 보이는 지평선
끝없이 펼쳐진 대륙을 지날 때도
나는 혼자가 아니었다

검은 먹구름 앞이 보이지 않는
폭풍우를 헤치고 나갈 때도
나는 혼자가 아니었다

끝없이 내리는 폭설과
몸서리쳐지는 추위를 지날 때도
나는 혼자가 아니었다

혼자가 아니었기에
나는 지금 여기에 있다

38. 봄이 가기 전

눈부신 봄날이 한창이지만
누군가에겐
그렇지 않을 수도 있다

사방에 아름다운 꽃으로 가득하지만
누군가는
꽃 하나 보이지도 않는다

봄을 느끼건
느끼지 못하건
봄은 서서히 지나가고 있다

다시 오지 않을
봄이 이렇게 가고 있다

나는 어디에 서 있는 것일까

이 봄을 마음껏 즐기고
또 다른 계절을 기대하고 있는가

이 봄이 온 것도 모르고
다가오는 여름마저 두려워하고 있는 것인가

이 봄이 지나가기 전
두 팔을 펴야 하지 않을까

저 눈부신 하늘을 향해
고개를 들어야 하지 않을까

오늘도 어딘가에 이 봄에
피었던 꽃 하나 지고 있다

내일 또 하나의 꽃이 지기 전
그 꽃을 바라봐야 하지 않을까

39. 밤에 흐르는 눈물

닿을 수 없다는 곳이
있다는 것은
아픔 그 자체인지도 모릅니다

바라는 것이 없다는 것이
살아있음을 느끼지
못하게 하는지도 모릅니다

존재는 그렇게
아픔으로 체념으로
채워져 가는가 봅니다

어쩌면 그러한 것들이
세상을 소중하고
아름답게 만들지는 모르나

깊어가는 이 밤에
내 안의 또 다른 나는
눈물을 흘리지
않을 수가 없었습니다

40. 운명에게 물어보고 싶었다

그 길을 걸을 수밖에
없었습니다

선택의 여지가 없었기에
한계에 이르렀기에

그 길외엔 다른 길이
보이지 않았습니다

그나마 그 길이라도
있었기에 살아갈 수 있었고

같은 상황이 와도
그 선택은 변함없을 것입니다

하지만 운명에게
물어보고 싶었습니다

왜 나에게 그랬냐고
왜 그 길밖에 주어지지 않았냐고

41. 지나 버린 듯

지나가 버린 듯
믿어지지 않으나
그렇게 지나가 버린 듯

흘러가 버린 듯
돌이킬 수 없이
그렇게 흘러가 버린 듯

잡을 수 없을 듯
손짓해 보아도
아마 잡을 수 없을 듯

42. 그 모습

익숙한 그 모습
영원히
잊히지 않을 것입니다

귀에 익은 목소리
영원히
남아 있을 것입니다

가장 소중한
그 모습과 목소리
나의 처음과 끝이었기에

이 땅에서
생명이 다할때까지
마음속에 남을 것입니다

43. 두 개였나 보다

심장이 두 개였는지도 모른다
하나는 이미 멈추었고
다른 하나가 뛰고 있는가 보다

마음이 두 개였는지도 모른다
하나의 마음은 이미 사라졌고
나머지 마음으로 살아가는가 보다

영혼이 두 개였는지도 모른다
하나의 영혼은 없어져 버렸고
남은 영혼으로 살아가는가 보다

44. 알 수 없는

천사의 품에 안겨
미지의 곳으로 가려는 듯

햇빛이 비춰주는
밝은 곳을 스쳐 지나

별빛을 벗삼아
어둔 곳도 두려움 없이

돌아오지 않는
순간의 시간을 넘어

감정을 잃은
초월의 세계를 건너

꽃의 향기를 품은
나비의 날갯짓으로

차원도 가늠 못하는
알 수 없는 그곳을 향해

45. 작은 것

볼품없어 보일지 모릅니다
눈에 띄지도 않겠지요
모든 사람이 지나칩니다
없어도 표시 나지 않습니다
가까운 사람이 알아주지도 않고요

실망할 필요가 없습니다
속상해하지도 마세요
서운해할 이유도 없습니다

아직 때가 아닐 뿐입니다

있는 그 자리에서
더 깊게 뿌리를 내리고
조금씩 조금씩
물과 영양분을 빨아들이면 됩니다

시간이 지났습니다

당신을
무시하고

지나치고
알아주지 않던 사람들이

이제는
당신 아래서
햇빛을 피하고
비를 피하고
편하게 쉬고 있네요

당신은
많은 가지를 펼칠
커다란 나무가 되기 의한
생명의 근원이었던
소중한 씨앗이었습니다

46. 얽힘

이것이 있었기에 그것이 있고
그것이 있기에 저것이 있으리

이것이 없었으면 그것이 없고
그것이 없으면 저것도 없으리

나로 인해 그 사람이 아프고
그 사람이 아프기에 다른 이도 아프네

나로 인해 그 사람이 기쁘고
그 사람이 기쁘기에 다른이도 기쁘네

그로 인해 내가 즐겁고
나로 인해 다른 이도 즐겁네

삶은 어쩌면 모든 얽힘이니
얽힘은 또 다른 얽힘을 만드네

47. 따로 그리고 같이

모든 걸 같이 하려고만
마음도 같은 줄로만
시작도 끝도 함께 하려고만

조금이라도 같이 할 수 있다면
마음이 조금 다르더라도
시작과 끝이 일치하지 않아도

따로 그리고 같이
마음 아프지 않게
오래도록

48. 생각

내가 그라고 생각하는 것이 그가 아니다
내가 그라고 생각하는 것일 뿐이다

그가 나라고 생각하는 것이 내가 아니다
그가 나라고 생각하는 것일 뿐이다

나는 그를 그라고 생각하는 줄 알았다
그것이 아니었는데

그가 나를 나라고 생각하는 줄 알았다
그것이 아니었는데

생각은 내가 아니고 그가 아니다

49. 세월을 묻고

너무나 멀리 갔기에
돌아올 수가 없었습니다

그렇게 멀리 가리라
생각도 못했습니다

제 자리가 아닌 곳에
있어야 한다는 것이
이렇게 힘들 줄 몰랐습니다

이제는 돌아오려 해도
돌아올 수가 없습니다

영원히 그곳에서
이곳을 그리워할 뿐입니다

이제는 그렇게
세월을 묻으려 합니다

50. 아들의 뒷모습

아빠는 너의 뒷모습을
한없이 바라보았다

많은 사람이 있었지만
아빠는 너만 보였다

너의 과거와
너의 지금과
너의 미래를
그 자리에서 보고 있었다

네가 잘 되기만을 바라며

아빠는
그 자리에서 붙박인 채로
너의 뒷모습만
한없이 바라보았다

51. 별 하나

어두운 밤하늘
어디선가 나타난 별 하나

마음 졸였던 그 세월
영원히 사라질까 두려웠기에

짧지 않은 시간
한없이 바라보았던 밤하늘

영원히 그 자리에서
사라지지 않는
북극성 되기를

52. 겨울 산에서

겨울의 한 복판

황량한 산길을 걸으며
옷깃을 여미었습니다

나 홀로 찾은 산사에는
고즈넉한 정적이 흐르고

이울어가는 햇빛에
저녁노을이 아득합니다

바람에 흔들리는 나뭇가지
아스라이 들리는 풍경소리

부지런히 집을 찾은 새소리에
고요한 평안이 찾아옵니다

춥지만 춥지 않기를 바라며
힘들지만 힘들지 않기를 바라는 것은
나의 욕심인 것인지

이 깊은 산에서
그 모든 허망한 것을
내려놓으렵니다

53. 하얀 고독

알 수 없는 서글픔이
가슴에 밀려들고

남모르는 외로움에
마음은 시립다

어쩔 수 없는 운명은
나를 좌절시키고

한스러운 삶의 이면에
답답할 뿐이다

나의 고독은 그렇게
쌓이고 쌓여
흐르는 세월과 함께
하얗게 되어버렸다.

54. 그냥 사랑

사랑할만해서 사랑할 수는 있지만
그냥 사랑할 수도 있습니다

존재는 그렇게 온전하기에
그 존재만으로 충분하기 때문입니다

그냥 사랑하기 위하여
나의 존재를
크게 하려 합니다

나를 아프게 하고
내가 눈물을 흘리게 해도
모든 것을 품어서
그냥 사랑하려 합니다

55. 추억과의 작별

아련한 저 너머의 추억과
이제는 작별을 고해야 합니다

아름다운 추억일지 모르나
이제는 의미 없기 때문입니다

가끔씩 생각이 날 수는 있지만
마음만 아플 뿐입니다

이제는 새로운 추억을 만들기 위해
발걸음을 다시 재촉합니다

어떤 일들이 앞에 놓여
있을지는 모르나
늘 하던 대로 발걸음을 옮기겠습니다

56. 그것을

삶의 끝에서 그것을 바라본다
모든 것이 연기처럼
사라져버리고 있음을

절망 속에서 그것을 희망한다
아직은 소중한 시간이
남아있기를

인내 속에서 그것을 소망한다
이제는 그 끝에
닿을 수 있기를

아픔 속에서 그것을 소원한다
깊은 상처가 속히
치유되기를

57. 없어야 있다

내가 없어야 네가 있고
네가 없어야 내가 있다

내가 있고자 함이 최선이 아니고
네가 있고자 함도 최선이 아니다

나를 주장할 필요도
너를 주장할 필요도 없다

너를 있게 하기 위해
나를 비우려 한다

너의 존재를 위해
나를 내려놓으려 한다

그 이상은 나의 영역이 아니니
그것으로 너와 나는 자유로울 수 있다

58. 저녁 종소리

먼 서쪽 하늘
노을은 물들고

스산한 바람
구름은 밀려가네

짙어지는 어둠
대지는 잠들고

어디선가 은은히
저녁 종소리 들리네

그 소리 내 안에 들어와
평안이 찾아오네

59. 풍경소리

서산에
붉은 해는
뉘엿뉘엿 넘어가고

계곡의
맑은 물은
쉽없이 흐르는데

어디선가
들리는 풍경소리에

헤매이던 내 마음은
길을 찾는다

60. 별과 같이

머언 먼 산 너머 그곳에
있었는지 모른다

들리지도 않고
보이지도 않았던 그곳에
숨어 있었는지 모른다

나의 울음에 답을 하려는지
나의 눈물을 닦아 주려는지

저 하늘의 별과 같이
어둔 밤에 나타난 것인지 모른다

스쳐지나가는 별이 아니길
내 마음은 그렇게 빌고 있었다

61. 물 따라

물 따라 흘러가야
했는가 보다

바람따라 흘러가야
했는가 보다

산이 높으면 높은대로
강이 깊으면 깊은대로
그렇게 가야 했는가 보다

이제라도 그렇게 가아할까 보다

비가 오면 오는 대로
눈이 오면 오는 대로

그렇게 가야할까 보다

62. 파랑

파랑 너머에 무언가 있었다. 파랑을 넘어 그곳으로 가고자 했다. 어떤 것이 그것을 넘지 못하게 잡아당겼다. 파랑 너머에 있는 것이 이쪽을 바라보았다. 서로를 인식한 채 말없이 서 있었다. 알 수 없는 끈이 다가왔다. 그 끈에 매이고 싶었다. 그 끈을 따라 경계를 넘기 바랐다. 이곳을 떠나기 원했다. 모든 것에서 손을 떼야 함을 알았다. 갑자기 바람이 불었다. 그 바람이 불 것이라 예상할 수 있었다. 모든 것이 사라져버렸다. 다시 돌아오지 않을 파랑이 그리웠다. 파랑은 이제 어디에 있는지도 모른다. 파랑 너머엔 처음부터 닿을 수가 없었다. 이제는 마음속에 있는 파랑만이 남았다.

63. 다시 들리는 풍경소리

어디선가 풍경소리 들려온다. 멀리 보이는 붉은 석양은 하늘의 아픔을 간직하고 있는 듯하다. 구름 사이로 쏟아져 내리는 저녁 햇살이 어떤 불멸을 암시하려는 모습이다. 그곳을 떠나 이곳에 있는 이유는 생의 바퀴가 두렵기 때문인 것일까. 아직은 미련이 남은 삶의 일상을 회복하고자 하는 욕심인 것일까. 나 자신을 모르건만 무엇을 안다고 주장하려 했던가. 사방으로 둘러싸인 차원낮은 세계에 존재했던 부족한 자아가 부끄러운 것일까. 돌이킬 수 없는 시간속에서 남아있는 시간에 대한 희망을 갖고 싶은 것일까. 이제는 떠나 언제 돌아올지 모를 잃어버린 자아를 찾고자 몸부림치는 것일까. 아직은 불안하고 미약한 무의식에 항거를 하려는 것일까. 사방은 조용하고 어두워져 가는데 어디선가 부는 바람이 다시 풍경소리를 들려주고 있다. 소리의 파장은 짧아 멀리 가지 못하지만 더 깊은 세계에 울림을 주고 있다. 영원하지 않을 그 무엇을 찾아 헤맸던 시간에 공명이 되어 왜소한 나 자신이 파괴되기를 바랄 뿐이다. 이밤이 지나 내일 새벽이 되면 그 풍경소리 다시 들리기를 소원한다.

64. 그 소리

너는 나를 부르지 않는다. 희뿌연 안개너머로 그렇게 서 있는데 기다리는 소리 들리지 않는다. 내가 언제까지 머무를 수 있을지 알 수 없는데, 떠나야 할 시간이 갑자기 다가올지 모르는데, 언제까지 기다릴 수 있을지 알 수 없는데, 그 소리 아직 들리지 않는다. 기다리기만 해야 하는 나의 운명이 언제 끝날 지 알 수 없지만, 희망을 잃고 싶지 않은 마음은 아직도 미련이 남아있는 것인지, 아름다운 시간을 잃고 싶지 않은 것인지, 나 자신 분별할 수가 없다. 네가 없어야 그 소리 들릴 터인데, 소리의 주인공이 너이기에 어쩌면 그 소리를 기다린다는 것이 고문이 될 수밖에 없는 것인지 모른다. 이 밤은 깊어가고 있으나 그 소리 기다리는 나의 마음엔 이 밤의 깊이를 알 수가 없다.

65. 바람

떠도는 바람 위에 나를 맡겼다. 어디로 가게 될 지 알수 없지만 보이지 않는 바람을 믿고 싶었다. 산 위로 흘러갈 지, 바다로 흘러갈 지, 그것은 그리 중요하지 않다. 갈 수 있는 곳이 있다는 것이 내 존재의 쓸쓸함에 위로가 되고, 그 바람에 맡길 수 있다는 것이 조그만 나의 삶에 안식이 되어 어디로 떠돌든 상관이 없다. 이제는 내가 바람이 되고 바람은 내가 되어 어떠한 가로막이 있다 하여도 그것을 넘어 갈 수 있기에 더 이상 힘에 겨워 하지 않는다. 바람 위에서 별을 보고, 바람 위에서 태양을 보고, 이 세상 어느 곳에 흘러가서도 그곳에서 내 안의 나를 만난다.

66. 공간

비어있는 공간에 아무것도 존재하지 않는 것이 아니었
다. 그 공간이 있음으로 채울 수 있는 존재가 가능하기
에 그 공간의 있음 그 자체만으로도 어떤 존재의 가능
성을 열어 놓았다. 그 공간이 아무것도 아니기에 무엇
이든 될 수 있었다. 공간의 존재 그 자체만으로도 의미
가 있을 수밖에 없었다. 그러기에 비어있음이 온전히
채워져 있음과 다름 아니다. 나를 비우기 위해 나를 버
린다. 그 버림으로 참나를 찾을 수 있다 확신하기에 기
꺼이 나를 버린다. 어떤 모습이 중요한 것이 아니라 비
어있는 나 자신이 중요하기에 지금까지 취했던 그 모든
것을 과감하게 내려놓고 미련없이 버린다. 비어 있는
나의 모습에서 온전한 나를 찾는다.

67. 떠난 후

너는 그렇게 떠나지 말았어야 했다. 알지도 못한 채, 너만의 생각으로 돌아오지 못할 그 길을 선뜻 떠나버리고 말았다. 그 길 위에 무엇이 있을지 알 수도 없기에 너를 잡지 못한 내가 한스러울 뿐이다. 네 자신의 힘으로 헤쳐나갈 수야 있겠지만은, 어쩌면 부딪히는 장애물에 지쳐 삶의 많은 부분을 잃을지도 모른다. 자신에 대한 자신감이 그 길을 나서게 만들었을지는 모르나, 그것은 어쩌면 순간적인 착각에서 비롯된 것일 수 있기에 너를 멀리서 바라볼 수밖에 없는 나는 너와 함께 한 시간만을 회상하고 있다. 해줄 수 있는 것이 없다는 것은 사랑과는 또 다른 문제이기에 세상이 너에게 전해 줄 삶의 무게를 감당할 수 있기를 바랄 뿐이다. 언젠간 너를 떠나지 못하게 한 나를 기억하리라. 하지만 그때가 오면 아마 나는 저 푸른 별에서 너를 바라보고 있을지 모른다.

68. 밤

어두운 밤이 존재하기에 밝은 낮이 있는 것인지 모른다. 아무것도 하지 못함은 또 다른 무엇을 할 수 있음을 뜻한다. 우리에게 불행이 존재하는 것은 그로 인해 행복을 알 수 있기 때문인가 보다. 너무 평범하기에 언젠가 특별한 일을 만나면 더욱 기쁠 수 있을 것이다. 밤이 두려웠지만 이제 밤을 두려워하지 않는다. 불행이 오지 않기를 바랐지만 이젠 더 커다란 행복을 위해 불행을 넘어서면 될 뿐이다. 밤이 깊어가기에 밝은 태양의 모습이 더 가까이 왔음을 알리고 있다. 밤은 이제 나의 존재의 또 다른 태양을 위한 디딤돌일 뿐이다.

69. 길

갈 바를 모른 채 무작정 길을 떠났다. 용기도 아니었고 운명은 더욱 아니었다. 무언지 모를 어떤 힘에 의해 떠밀려 그렇게 길을 나섰다. 어느 쪽으로 가야할 지 어디까지 가야할 지 알지 못했다. 마음 속엔 확신이 있었는지 모르나 더 나은 것은 있으리라 믿었기에 그렇게 떠났다. 가는 길이 옳은 길인지 잘못 길을 들었는지 알 수도 없었다. 머나먼 길이란 건 알았지만, 누군가에게 도움을 받을 것이라 생각도 하지 않았다. 당연히 홀로 가야한다고 생각했지만 그래도 말동무라도 있길 원했다. 하지만 그것은 나의 조그만 소망이었을 뿐이었다. 이 길 끝에 무엇이 있을지 이제는 가지 않아도 알 수 있을 듯하다. 하지만 멈출 수 없다는 것 또한 알기에 기꺼이 오늘도 이 길을 걷는다.

70. 눈 덮인 산

하얀 눈 덮인 산을 올랐다. 눈속을 헤치며 앞으로 나아
갔다. 추위도 잊은 채 힘든 것도 모른 채 그렇게 앞으
로 가지 않을 수 없었다. 무언가를 잃어버린 듯하여 적
막한 눈덮인 산속에 그것이 있는 줄 알았다. 힘들게 온
산을 찾아 헤매었지만 아무것도 찾을 수 없었다. 그 산
에서 내려올 수가 없었다. 더 이상 찾을 곳도 없기에.
소중한 그 무엇이 그렇게 끝나버리고 말았다.

71. 어느 골짜기

하얀 눈 덮인 골짜기엔 적막함만 있었다. 모든 것이 파묻힌 채 어떤 소리도 들리지 않았다. 힘이 없었기에 소리를 낼 수도 없었다. 눈 속에 묻힌 그 아픔과 슬픔을 헤아릴 길도 없었다. 쌓인 눈이 녹아 계곡물이 되어 흘렀다. 새소리 들리고 나비 날아 다녀도 그 아픔은 치유되지 못했다. 푸르던 녹음은 지고 빨간 단풍이 되어도 하늘이 보이지 않았다. 스산한 바람이 불어와 마지막 나뭇잎도 떨어졌다. 모든 것이 자취를 감추고 다시 하얀 눈이 쌓였다. 인적 끊긴 그 골짜기엔 아무도 찾는 사람이 없었다.

72. 초록빛 별

초록빛 별에는 아무도 살지 않았나 보다. 늘어진 소리의 파장마저 너울져 사라져버리고 어떠한 공명도 이루어지지 않은 채 적막함만 사방에 둘러 있었다. 진공은 아닐진대 매질이 있는지조차 알 수가 없으니 그 어떤 흔적도 찾을 수가 없었다. 여기서 무언가를 기대했던 이유는 무엇이었을까? 왜 나는 가능성도 없는 이곳에서 그것을 찾았던 것일까? 차라리 황량한 사막이나 드넓은 대양에서 헤매는 것이 더 나았던 것은 아닐까? 이유는 모르지만 어떤 본성이 나를 이리로 이끌었다는 확신이 있었던 것일까? 불가능하다는 것을 알면서도 그 불가능을 확인하고 싶었기 때문일까? 메아리조차 들을 수 없는 이곳에서 소리쳐 부르고 싶은 유혹을 뿌리칠 수 없는 것은 무엇 때문인 것일까? 초록빛마저도 이제는 붉은빛으로 변해가는 저 서쪽하늘을 향해 묵묵히 걸어가는 네가 언젠간 말 위에 올라타 흙먼지 날리며 달리는 모습을 보고 싶을 뿐이다.

73. 사막 위의 길

모래 먼지 날리는 사막엔 길 하나밖에 없었다. 이른 새벽 먼동이 트기 시작할 때 길을 나섰다. 얼마 지나지 않아 만나게 될 이글거리는 태양이 두렵지는 않았다. 그 누구에게 도움을 받을 수 있을 거란 꿈도 꾸지 않았다. 머나먼 길을 함께 갈 수 있는 친구를 바라지도 않았다. 그 길만이 주어진 것이라 생각했기에 아무 생각없이 그 길을 걸었다. 건조한 대기가 나의 피부를 때릴 때 그것을 당연하다고 여겼다. 상상했던 것보다 더 고단한 여정이었지만 기꺼이 모든 것을 감수하리라는 마음은 변치 않았다. 끝없이 펼쳐진 사막의 그 길이 그렇게 나를 바꾸어 놓았다. 사막의 그 길은 영원히 마음속에 남았다. 이제는 그 길이 나의 추억속에 존재할 뿐이다.

74. 계곡

계곡은 깊었다. 내려갔다 다시 올라오지 못할지도 모른다는 생각에 섣불리 발걸음이 떨어지지 않았다. 하지만 다른 길이 없었다. 이 깊은 계곡이 왜 내 앞에 놓여져 있는지 알 수가 없었다. 다른 선택이 없었다. 그 깊은 계곡으로 내려가야만 하는 것 외엔 달리 방법이 없었다. 오르는 것보다 내려가는 것이 더 힘들다는 사실을 그때야 알았다. 내려가는 그 길엔 아무것도 보이지 않았다. 계곡의 끝이 어디일지 아직 알지 못하나 언젠간 바닥에 도착하고 다시 계곡을 벗어나 그 위로 갈 수 있음을 머리 위 빛나는 태양이 알려주었다.

75. 비 오는 저녁

차가운 빗소리가 계절의 문을 닫는 소리인 듯하여 하염 없이 비오는 모습을 지켜보았다. 닫고 열림이 나의 의 지로 되는 것은 아니기에 그 모습이라도 지켜보고자 함 은 무슨 이유인 걸까. 어떤 것이 끝났음을 확인하고 싶 어서일까. 아직은 보내고 싶지 않은 미련이 남아서일 까. 새로운 시작이 기대가 되지 않음은 온전한 끝냄을 이루지 못한 까닭일지도 모른다.

보내고 싶지는 않으나 보낼 수밖에 없음을 알리고자 저 녁 늦도록 늦가을의 비가 내리는가 보다. 이 밤이 지나 면 치열했던 계절이 끝나기에 마지막 인사라도 밤새 들 리는 빗소리와 함께 하라는 배려인가 보다. 돌아오지 않을 이 계절과 이제는 이별을 할 수밖에 없다. 새로운 계절이 다가오지만 시간이 지나면 또 다른 작별이 기다 리고 있다는 것을 이 저녁에 내리는 차가운 가을비는 알려주고 있다.

76. 사라지고

아무 말없이 사라져 버렸다. 간다는 인사도 없이, 다시 만날 기약도 없이, 그렇게 떠나가 버렸다. 이생에 다시 만나지 못할 수도 있고, 영영 기억속에만 남을지도 모른다. 보고 싶다 볼 수 없고, 그립다 달려갈 수 없다. 돌아오지 않음을 알지만, 희망을 버리지 못함은 무슨 연유인지. 만나지 못함을 알지만, 미련을 버리지 못함은 무슨 까닭인지. 차가운 바람이 창문을 때린다. 그 바람 이제 내 마음에 들어와 모든 것을 잃게 만들어 버린다.

77. 있는 그대로

행복이 무엇인지 알지는 못하지만 괴로움을 모르고 산다. 기쁨이 무엇인지 알지는 못하지만 아픔을 모르고 산다. 만족함이 무엇인지 알지는 못하지만 부족함을 모르고 산다. 하고자 함이 없을지 모르지만 이루지 못함을 모르고 산다. 내려놓음이 무언지 모르지만 욕심을 모르고 산다. 많은 것을 하지는 못하지만 억지로 무언가를 하지는 않는다. 보고자 하는 대로 보려 하지 않고 보이는 대로 볼 뿐이다. 꽃이 피면 피는 대로, 비가 오면 오는 대로, 바람이 불면 부는 대로, 눈이 오면 오는 대로, 모든 존재를 있는 그대로.

78. 운명의 비

산은 높았다. 오르고 싶지만 오르지 못하는 산은 왜 거기 있는 것일까. 산이 오라 부른다. 다가가고 싶어도 다가갈 수 없는 산은 왜 그 자리에 서 있는 것일까. 산을 바라보았다. 오직 바라만 봐야 하는 그 운명의 무게를 산은 알지 못한다. 네가 주인이 아니고 나도 주인이 아니다. 주인이 아니기에 자유로울 것 같아도 자유롭지 못하다. 길이 보였다. 산으로 향하는 길이 내 눈에 보였다. 하지만 나서지 않았다. 그 길을 갈 자신도, 그 길이 의미하는 바도 없음을 알았다. 빗물이 얼굴을 적셨다. 머리 위에서 흘러내렸다. 온몸이 다 젖어도 할 수 있는 것이 없었다. 그 비를 다 맞는 것이 정해져 있었다. 피할 수 없는 운명의 비가 그렇게 내렸다. 이제 운명을 타고 떠난다. 산을 등진 채, 빗소리를 들으며, 그렇게 떠난다.

79. 하양

하얀색이 물이 되었다. 어디로 흘러갈 지 알 수 없었다. 길이 없었기에 머무를 줄 알았다. 어느새 길이 생겨 그 길 따라 떠나가 버렸다. 영원히 덮여 있을 줄 알았다. 오래도록, 그 자리에 있을 줄 알았다. 세월을 몰랐고 변하는 걸 몰랐다. 떠날 것을 모르고, 하양을 바라만 봤다. 언제 올지 모른다. 다시는 오지 않을 수도 있기에 흘러가는 모습만 바라보았다. 무슨 말을 하는지 알 수가 없었다. 돌아보는 것 같았고, 말을 하는 것 같았다. 그렇게 사라져 버릴 것을, 온 이유를 몰랐다. 잠시 머무를 것이라면 오지나 말 것을. 하양을 기다리지 않는다. 떠나갈 것을 알기에, 다시 못 올 것을 알기에, 그렇게 손을 흔들고 마음에 담았다.

80. 부러진 날개

너무나 멀어 갈 수 있을지 모른다. 마음엔 가깝지만 닿을 수 없는 곳에 있다. 부러진 날개로는 꿈조차 꿀 수가 없다. 치료받을 수도, 구해줄 사람도 없이 혼자 날갯짓 하기도 벅차다. 헛바퀴 돌 듯 힘없는 날개만 요란할 뿐이다. 헛된 공기의 진동이 옆으로 새어 나가기만 한다. 부러진 날개로 이젠 무엇을 할 수 있을까. 소망도 잃고 행복도 잃고 시간도 잃었다.

81. 나의 눈

나의 눈이 내 눈 같지가 않다. 타인의 눈을 나에게 박아 넣은 것 같다. 어디서 느껴지는 이질감인지, 내가 눈에 맞지 않는 것인지, 눈이 내게 맞지 않는 것인지 알 수조차 없다. 내가 나 자신이 아닌 것일까. 나의 한 부분은 타자임이 분명한 듯하다. 내가 내 눈으로 보는 것이 아니다. 타인이 나의 눈으로 보는 듯하다. 내 눈이 나에 속하지 않았으니 내가 보는 것을 신뢰할 수가 없다. 오늘 밤 나의 눈을 찾을 수 있을지. 별마저 보이지 않은 이 밤에 나는 나의 눈을 잃은 채 진정한 별빛을 보고 싶을 뿐이다.

82. 노랑

경계선이다. 끊어질 듯한 생명이 이어지고 꺼져가는 촛불은 아직 불타고 있다. 이곳과 저곳이 다르지 않을 수는 없는지, 경계가 존재하지 않을 수는 없는지 물어보았다. 누군가가 답했다. 모든 것은 하나라고, 경계는 존재하지 않는다고. 보이는 것이 다는 아니라고. 내 눈엔 보이지 않는다. 그가 말한 것이 사실이 아닌 것만 같았다. 나의 노란 꼬리를 잘라냈다. 다시 꼬리가 생기는지 궁금했다. 내가 낸 상처의 흔적이 영원할 줄 알면서도 나 스스로 잘라냈다. 꼬리는 다시 재생되지 않았다. 나에겐 그런 유전자가 없었다. 차가워져 가는 마음이 따뜻해지지도 않는다. 사라져가는 기억이 되돌아오지도 않는다. 싫어지는 마음이 좋아지지도 않는다. 나에겐 경계만 존재할 뿐 경계선을 어찌지 못한다. 노란색이 바래졌다. 보이지 않을 정도로. 그래도 나에겐 경계선이 존재하고 있었다.

무한의 끝에서

정태성 시집　　　　값 8,000원

초판발행　2023년 1월 30일
지 은 이　정태성
펴 낸 이　도서출판 코스모스
펴 낸 곳　도서출판 코스모스
주　　소　충북 청주시 서원구 신율로 13
대표전화　043-234-7027
팩　　스　050-7535-7027

ISBN 979-11-91926-76-7